狼王传

〔加〕欧内斯特·汤普森·西顿／著

安东尼／编译

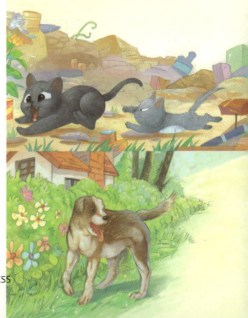

天地出版社 | TIANDI PRESS

图书在版编目（CIP）数据

狼王传 /（加）欧内斯特·汤普森·西顿著；安东尼编译. —成都：天地出版社，2019.3（2021.5重印）
（世界百年经典动物小说）
ISBN 978-7-5455-4342-1

Ⅰ.①狼… Ⅱ.①欧… ②安… Ⅲ.①儿童小说—中篇小说—加拿大—现代 Ⅳ.①I711.84

中国版本图书馆CIP数据核字（2018）第252607号

狼王传
LANGWANG ZHUAN

出 品 人　杨　政
著　　者　〔加〕欧内斯特·汤普森·西顿
编　　译　安东尼
责任编辑　李红珍　江秀伟
装帧设计　思想工社
责任印制　董建臣

出版发行　天地出版社
　　　　　（成都市槐树街2号　邮政编码：610014）
　　　　　（北京市方庄芳群园3区3号　邮政编码：100078）
网　　址　http://www.tiandiph.com
电子邮箱　tianditg@163.com
经　　销　新华文轩出版传媒股份有限公司
印　　刷　北京盛通印刷股份有限公司
版　　次　2019年3月第1版
印　　次　2021年5月第5次印刷
成品尺寸　165mm×235mm　1/16
印　　张　8
字　　数　128千
定　　价　22.00元
书　　号　ISBN 978-7-5455-4342-1

前言

　　"动物小说之父"西顿笔下的动物不仅仅是一个生命，更是一种感动，一种震撼，让人读后不免为之动容，它们或为了自由追逐一生，或为了尊严宁死不屈，或为了生存自强不息。我们能够从它们身上看到的、学到的远不止一种精神。

　　本册选取了五个特别有意思的小故事，其中《狼王传》最为出名。科伦坡上的霸主，河谷一带的枭雄，牧民心中又敬又怕的对象，猎人心头永远的痛——这就是狼王珞波。一个五头狼的小分队竟然可以让整片草原为之臣服，珞波的手段和威严可见一斑。风光一世，也有迟暮之时，然而，即便珞波被捕，它的骄傲、霸气也没有失却。珞波，世人眼中的恶狼，作者却对它生起了敬畏之心……

　　《小豁耳一家》：一个耳朵上有豁口的棉尾

兔，在妈妈的教导下慢慢成长；妈妈用深深的母爱教会儿子生存的真谛。

《我的名字叫"小哮"》："小哮"是一只小狗的名字，它品种一般，却很勇敢，在与"我"的交往中逐渐建立了深厚的感情。当它来到大草原上捕狼时，其勇往无前、无所畏惧的气概，不但让牧人们眼前一惊，也让那些血统高贵、品种优良的猎狗自惭形秽。

《贫民窟里的猫》：一只流浪猫是如何在垃圾堆里生存的？它阴差阳错地来到了优越的环境，进而过上丰衣足食、奢华高贵的生活，但为什么它还要逃离呢？

《奔跑吧，黑野马》：野马的自由是天地，而不是被人豢养。当黑野马的雄姿被牛仔盯上，它奔跑，奔跑，再奔跑，从未停下，让追逐它的人类扼腕叹息。黑野马的一生都是为了自由而奔跑，它能实现自己的夙愿吗？

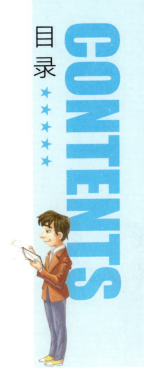

目录 CONTENTS

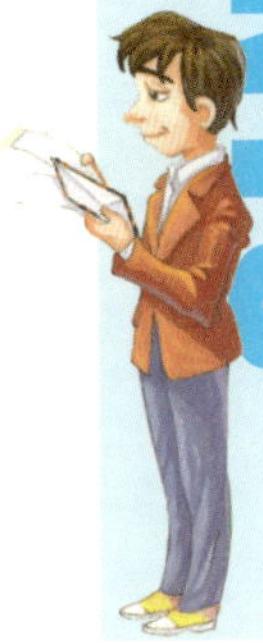

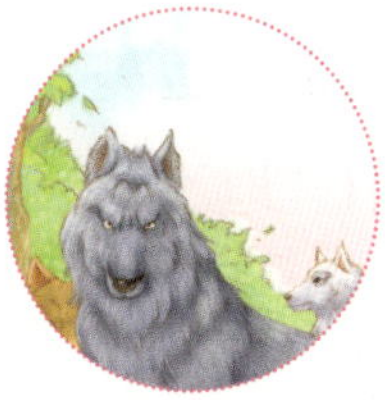

狼王传

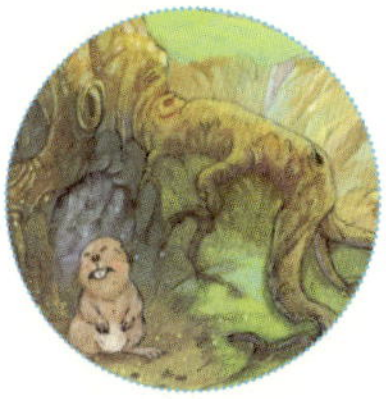

小豁耳一家

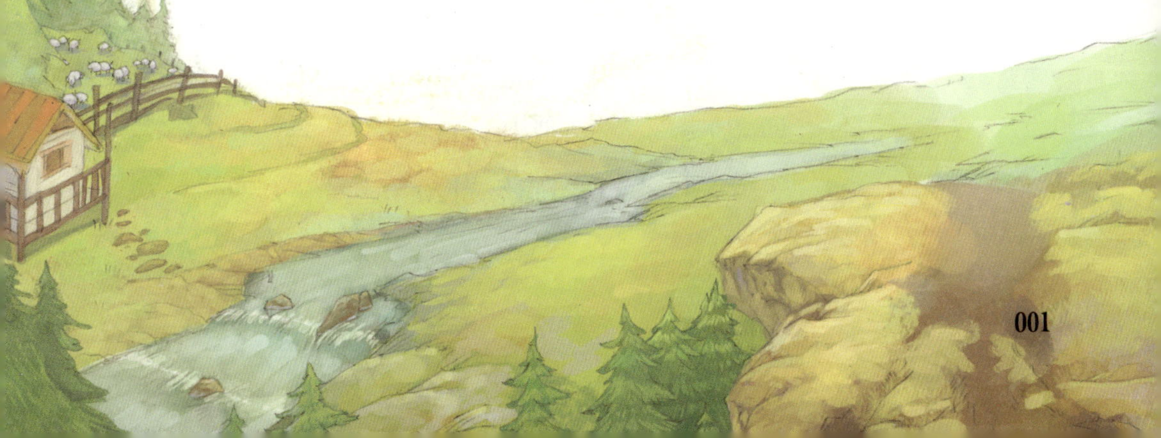

目录 ★★★★★ CONTENTS

狼王传

1 霸主

美国西南部，新墨西哥州北，科伦坡，一个纯天然的牧场，这里绿草

如茵，环境优美，奔驰的牛羊，丰美的水草，一切是那么和谐、美好。然而，这里有一位"逍遥"了好多年的霸主——狼王珞波。这里的人们都熟知它的底细，只要它带着它的手下出现在科伦坡，就知道牛羊们又要遭殃啦。牧民们拿它们没有任何办法！

　　狼王的体形比它的手下大出许多，而且富有心计。寻常的狼出现在牧场周围，人们顶多留心一下；但假若狼王的低吼在河谷间徘徊，那看守人就直接等着第二天去计算牛羊的惨重损失吧。

　　狼王带领的五个手下也不容小觑，都是个顶个的猎食好手。其中最亮眼的是一只白狼，它的美丽甚至让当地人忘记了它是敌人，它被称为"布兰卡"——当地语言中是"雪白"的意思。这是一只母狼，人们纷纷猜测它是狼王的配偶。还有一只以敏捷著称的黄狼，据说它经常去捕捉奔跑迅速的羚羊。

人们之所以认为狼只有在饥饿时才去捕食，是因为它们的肚子看上去经常瘪瘪的。但是，这一点完全不能放在这六只狼的身上。这六个"破坏者"个个都长得肥壮异常，并且它们捕食的动机几乎跟果腹无关，更多的是找乐子。比如，有一次，它们在一个晚上就杀掉了两百多只羊，可是羊的身上一块肉也没有少，这分明就是对牧民的嘲弄，分明就是在说"你们人类太无能了"。这类行为更让当地人气愤不已。

　　狼王和它的手下喜欢吃刚出生的小母牛，而上了年纪的公牛和母牛，它们看都不看一眼，据说年迈的老牛甚至可以安然无恙地从狼王珞波身边走过。当然，它们偶尔也会捕杀一些小马驹，但显然这些算不得它们的心头所好。至于捕羊，那只能算作是它们的余兴表演罢了。

2 悬赏

人们时常见到它们，议论它们，好似大家的生活跟它们息息相关。

五年来，人们用尽各种办法要铲除它们，但最终都无济于事。这些年下来，狼王和它的五个手下依然逍遥在这片牧场上，肆无忌惮，丧生在它们利爪和血口之下的牲畜不下两千头。人们对狼王一伙的痛恨已经到了无以复加的地步。

牧民们决定进行重金悬赏。于是，好几位著名的猎人和捕猎高手都来到这个地方。可是不管这些人用什么办法，到最后，狼王一伙儿还是活得逍遥自在。猎人和捕猎高手想出的二十多种投毒法，没有一种不被狼王珞波识破的。

　　狡黠的珞波能通过敏锐的鼻子嗅出猎人的味道，从而巧妙地帮助布兰卡和其他手下避开陷阱和毒药。难道狼王就没有害怕的东西？有！枪——唯一令狼王珞波感到恐惧的东西。它很清楚这一地区每个人都随身带枪，所以它和它的狼群永远不会去袭击人类。除此之外，珞波还为这个群体立下了一个规矩：只吃自己杀死的猎物。

　　有一天，一个牛仔远远地听到了狼王珞波的叫声，那再熟悉不过的嗥叫正是它在召集狼群。当牛仔策马悄悄靠近时，看到了这样的情景：这群狼正在围捕一小群牛。牛们并不打算束手就擒，而是围成了一个圈，形成一个煞有介事的"牛角阵"，而阵的中心是一头小母牛，它便是这群狼的真正目标——它们正在想办法把小母牛逼出来。此刻，狼王珞波呢？它正蹲坐在一个小山丘上盯着战况呢。牛群紧密地挨着，不论狼王的手下如何攻击，始终找不到突破口。

　　突然，狼王珞波从山丘上立起了身，喉咙里发出一声低沉的怒吼——显然是对愚笨的手下失去了耐心。只见他大吼一声，猛地扑向牛群，牛们都被狼王的气势吓坏了，一个个变得惊慌失措，一时间犹如迸裂的弹片四散奔逃。小母牛原想趁乱逃之夭夭，可惜被狼王珞波一个利爪拍倒在地。狼王抓牢小母牛的脖子，用力向后一扯，将其重重摔在地上。

　　此刻的珞波活脱脱一个威风凛凛的大王，让人心生畏惧。这时，一旁的牛仔高喊着骑马过来，狼群像往常一样四散撤退。牛仔取出随身携带的毒药，在小母牛的尸体上投下三处毒，便离开了。他心里清楚，这头小母牛是群狼亲自杀死的，它们一定会折回来食用的。

第二天早晨，牛仔盘算着去为那几只狼收尸。可是，当他到达那个地方后，被眼前的事实吓傻了：除了小母牛身上下毒的几处外，其他地方的牛肉被狼王珞波和它的手下吃得干干净净。

一年又一年，人们只好不断地提高赏金，最后赏金提高到了一千美元，如此之高的悬赏金额比某些悬赏通缉犯的赏金还要高。某年夏日的一天，一个来自得克萨斯州的猎手科塔瑞，为了赏金来到了科伦坡。为了能捕获狼王，科塔瑞带来了自己的秘密武器——最新式的猎枪、快马，以及一群勇猛的猎狗。

追捕

天才蒙蒙亮，科塔瑞就整装出发了。他先是让猎狗们去探寻狼群的行踪。一会儿，猎狗们的狂吠声从远处传来。"看来它们是发现狼群了。"科塔瑞一边想一边兴奋地追了上去。他看到一只灰狼在拼命奔跑，可当他抬枪射击时，那只狼轻轻松松地就逃进了怪石嶙峋的河谷里。

由此可见，狼王还是一个懂得利用地形的"军事家"。科伦坡河谷里参差的岩石和众多支流将此处分割得四分五裂。狼王向最近的那条支流奔去，渡河之后，就把猎人甩开了。而狼王的几个手下则四散撤退，猎狗们也只得分散追击，这样一来，猎狗们已无数量优势，反而被狼群反攻了，最后伤亡惨重。

科塔瑞万万没想到，这群狼如此难对付。当天晚上，他清点猎狗，发现只回来了六只，其中两只已经是遍体鳞伤了。

"哼，我一定要报仇！不抓到这群狼，我誓不罢休！"之后，科塔瑞与狼王一伙儿又有几次交锋，但结果都没比第一次好到哪儿去。最后一次追捕，他最心爱的骏马也摔死了。科塔瑞最终身心俱疲，失望至极地放弃了追猎，回得克萨斯州老家去了。

第二年，科伦坡又出现了两个猎人，他们对拿到那笔赏金志在必得。第一个猎人乔·凯龙要用一种从来没人用过的新毒药；第二个叫拉罗斯，是法裔加拿大人，他在投毒之外还施加了某种符咒——在他看来，狼王珞波就是恶魔的化身，光靠凡人的手法是无法消灭的。然而，不管是巧妙配置的毒药，还是画符

念咒，对这只作恶多端的狼王都不起作用。狼王珞波还是像往常一样，猎杀牲畜，如入无人之境。乔·凯龙和拉罗斯眼看无计可施，只好垂头丧气地离开了。

不过，关于猎人乔·凯龙还有一个小插曲。1893年的春天，乔·凯龙把农场设在了科伦坡的一条小支流旁。不巧的是狼王珞波的新窝就在离乔家不远的地方。那年的整个夏天，珞波把乔一家的牲畜咬死了一大半，让乔布下的毒药和机关变成了摆设。乔绞尽脑汁，想用烟将狼群熏出来，甚至还动用了炸药，可是一次都没有成功。

　　"去年整个夏天，它就住在那儿，"乔指着那块岩石说，"在它面前，我就像个幼稚的小孩儿，一点儿胜算也没有！"

　　瞧，狼王珞波多么狂妄，它何曾把人类放在眼里？

4 较量

　　听说了上面的故事，我原本是不相信的，直到1893年的秋天。一个在科伦坡开牧场的朋友写信给我，希望我能去他那里看一看那只"传说"中的狼王，最好能帮他除掉这个祸害。当我真正与狼王交锋时，我才相信了上面的这些故事。

来到科伦坡，朋友带着我四处熟悉地形，以制定围剿狼王的策略。朋友指了指倒在地上的牛骨架，上面还挂着些皮肉，告诉我说："这就是狼王的杰作。"

关于对付这个"老狼精"的几百种方法，我就不一一赘述了，总之，试遍了所有毒药，用遍了所有诱饵，这只狡猾的狼王还是安然无恙。每次我兴冲冲地去查看结果，却总是乘兴而去，败兴而归。

有一次，我依照一位老猎人的传授，将一些奶酪跟一头新宰杀的小母牛腰子上的肥肉混合在一起，然后捣烂、切开，等这些晾凉后，我把它们切成块，每一块都挖一个小洞，然后放入调配好的毒药，最后再将口封好。整个过程，我都带着沾有小母牛血的手套，甚至大气都不敢出，就是怕这些"诱饵"沾上人气。一切准备就绪，我把食饵放进一个涂满牛血的皮袋子里，然后每隔几百米放一块，直到把诱饵放完。当然，做这些事情的时候，我万分小心，绝不用手去碰。

那天晚上，我们正要睡觉的时候，我听到了狼王珞波那独有的嗥叫声，有个伙伴一听见这声音，立马说道："瞧好吧，狼王来了！"

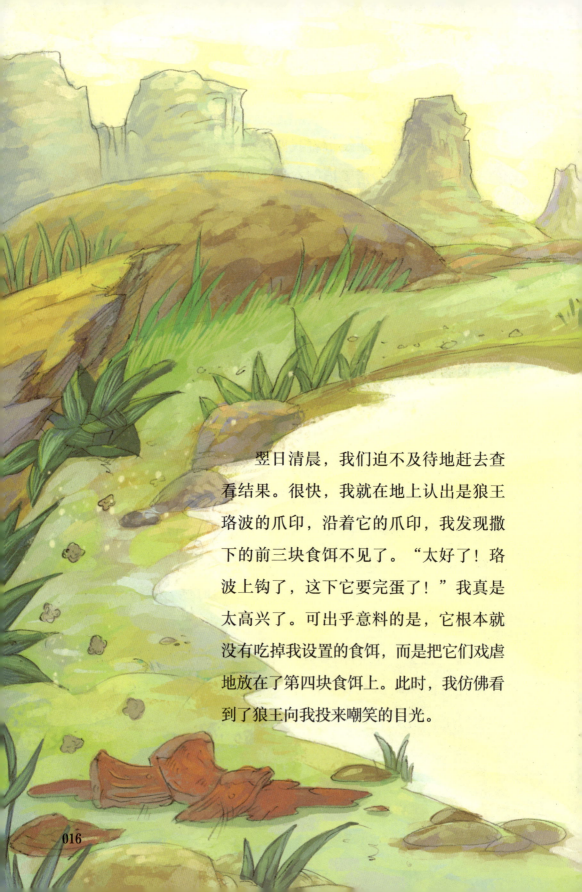

翌日清晨，我们迫不及待地赶去查看结果。很快，我就在地上认出是狼王珞波的爪印，沿着它的爪印，我发现撒下的前三块食饵不见了。"太好了！珞波上钩了，这下它要完蛋了！"我真是太高兴了。可出乎意料的是，它根本就没有吃掉我设置的食饵，而是把它们戏虐地放在了第四块食饵上。此时，我仿佛看到了狼王向我投来嘲笑的目光。

　　从此之后，我彻底明白了，毒药根本不可能除掉它。于是，我向一家商店定制了一批钢制捕兽夹。

　　科伦坡牧场的羊群数量一般在1~3千之间，由一个或几个牧人看管。羊是一种头脑简单的动物，哪怕再小的骚动也会令它们惊慌失措。除此之外，它们还有一个弱点——很佩服长胡子的山羊，常常唯它们马首是瞻。牧人们利用这一点，在羊群中放进五六只山羊，山羊走到哪儿，羊群就聚集到哪儿。

　　那是11月底的一个晚上，两个牧羊人被狼的吼声惊醒，一下子睁开了眼睛。

　　"狼王珞波来了！"

　　对于狼王的突袭，一开始羊群非常镇定。狼王珞波当然也知道"领头羊"这一点。于是，它飞速跃过层层叠叠的羊群，直扑向那几只山羊，没几分钟就把它们全部捕杀

了。顷刻间，羊群四散奔逃，结果死伤无数。

　　捕兽夹终于到了，我和几个牧人花了整整一个星期才把它们全部安装好。布下机关的第二天，我骑马巡查，发现我的十几个捕兽夹都被狼王破坏掉了。

　　虽然我经常变换手段，但还是瞒不过它，它的心计似乎无往不胜。要不是它后来毁于一场不幸的"联姻"，恐怕它会一直这么"巧取豪夺"下去。许多英雄独来独往时总是所向披靡，而当有了亲密伴侣时，却往往会因为伴侣而丢了性命，珞波也未曾逃脱这样的命运。

5 伏击

一天，一个年轻人告诉我："有一只漂亮的母狼布兰卡，我们都猜它是狼王珞波的妻子。"由此，我想到一个好主意，也可以说是抓捕狼王的一个突破口。

我杀了一头小母牛，在尸体周围放了一两个容易被发现的捕兽夹。我把牛头放在离尸体较远的地方，它的周围布置了六个强力的捕兽夹，藏得极其隐蔽。捕兽夹埋好后，我用郊狼皮把这块地方扫了一下，又用郊狼的爪子踩了几个印迹。牛头靠近杂草丛，二者之间的狭窄地带上，我又埋了两个最强力的捕兽夹，并且系在了牛头上。

第二天早晨，我和几个牧人骑马出门，去检查那些捕兽夹。哈哈，太棒了！那群狼留下的脚印杂乱无章，牛头和周围的捕兽夹也都不见了。我仔细观

察了一下，捕兽夹附近有珞波的大爪印，大概是狼王下令
所有的狼都不许靠近牛头，但是显然有一只不听话的狼跑
去叼扔在一边的牛头，它不偏不倚正好踩上了其中的一个
捕兽夹。

　　我们赶紧循着爪印一路追上去，不出2千米，果然发
现了它——布兰卡。

　　布兰卡跑到一个有很多大石块的地方，实在无法向前跑了，因为牛头被岩石卡住了。我走近一看，发现布兰卡是一只我从未见过的狼，它那么美、那么白，一双炯炯有神的眼睛，还有一副强健有力的身体。它正转过身来，眼中充满了怒火，直直地瞪着我们，并张开大嘴，露出锋利的牙齿，一副准备迎战的架势。布兰卡高声吼叫，试图召唤自己的同伴。这是布兰卡最后的呼喊了，因为我们正在向它逼近。它已是死到临头了。

　　我们几个人对准这个拼死挣扎的白狼扔出一根套索，它的脖子上立刻缠上了数根锁圈。最终，这只白狼死在了我们的套索下。我们带着这只死去的白狼，胜利而归。

这是科伦坡狼群受到的第一次重创，着实让大家喜出望外。然而，每每想到用这种方式杀死了布兰卡，我都感到心痛自责，甚至胆战心惊。

6 复仇

　　无论是在我们与布兰卡对峙的时候，还是我们凯旋的时候，狼王珞波的一声声长啸都在远处的山间徘徊——它在寻找布兰卡。当然，它绝不是不想搭救自己的妻子，而是无法克服自己内心深处对枪的恐惧。

　　狼王珞波就这样一直叫了一整天，它的叫声充满悲伤，仿佛在喊"布兰卡……布兰卡……"。那天晚上，我在布兰卡垂死挣扎的地方附近发现了狼王珞波，它那心碎的哀嚎简直让人不忍心去听。我未曾想过，一只狼竟然会如此悲恸，就连牧场上的硬汉牛仔也听出来了，都说："布兰卡果然是珞波的妻子。从未听过狼叫得这么凄惨。"

　　珞波沿着马蹄印，一路来到了牧场小屋前。看到屋外那只看门狗被撕成了碎片，我知道，珞波来复仇了。

我早料想到它会来——这也是我为什么先抓布兰卡的目的，所以事先在牧场周围都铺上了捕兽夹。狼王狂奔而来，毫无顾忌，这种情况可是很少在它身上出现的，由此可以看出它心里是多么慌乱。可惜，最后它还是挣脱了捕兽夹，还把捕兽夹踢到了一边。

我相信它还会再来，所以我必须打起全部精神，趁着珞波还没有从失去布兰卡的痛苦中缓过来，一鼓作气，把它捉住。假如错过这个时机，以后就没有办法把它杀掉了。不过，我心里也后悔过：真不

该把布兰卡杀掉，如果用它做诱饵的话，说不定很容易就能把狼王逮住，现在激怒了狼王，不知是福是祸……

接下来，我把所有的捕兽夹都搜罗起来，都是钢质的，异常结实。我把它们四个分为一组，铺设在通往河谷的每一条小路上，我把每一个捕兽夹都绑在一个木桩上，再把木桩埋进土里，以增加捕兽夹的牢固性。埋木桩时，我非常谨慎地把草皮移开，再把挖出来的泥土铺在一个毯子上，等这些草皮重新铺好后，谁也看不出来这里曾经被人为动过。藏好了捕兽夹，我又在每个设埋的地方用布兰卡的爪子留下了一串串脚印。我已经把能想到的所有计策和预防措施全用上了，一切就绪，就等狼王上钩。

末路

　　之后的两天里，我一直查看着珞波的踪迹，但都一无所获。在一个夜晚，听一个牛仔说起在北面河谷那边，好像有什么东西被捕兽夹夹住了。次日中午，我来到北面的河谷，当我走近的时候，一个灰色的东西腾的一下站了起来。

"是珞波！终于成功了！"我激动极了。

珞波使劲儿挣扎，企图逃走，却被捕兽夹牢牢地扣住了。我靠近它的时候，它竖起毛发，怒吼着，发出一声凄厉的长啸，响彻了整个山谷，这是向同伴发出求救的信号，可惜，它的吼叫没有收到任何回应。

可怜的老英雄，它为了找到自己心爱的妻子，失去了敏锐的觉察能力，一看到布兰卡尸体留下的痕迹，就不顾一切地跟着，最后落入了为它准备的圈套。它用雪白的牙齿去啃那冷酷的铁链，四肢用尽力气去挣脱木桩和链条，但无济于事。它已经累坏了、饿坏了，四个爪子也在流血不止，最后，终于倒在地上。

"作恶多端的凶手，劣迹斑斑的恶棍，现在就给你应有的报应……"

然后，我挥舞套索朝它的头上扔去。可惜，没等套索落到它的脖子上，它就已经把绳子咬在嘴里，绳子瞬间就变成了两段。

我并没有用枪结束它的性命，是因为它那珍贵的皮毛，于是我骑马返回营地，带了几个牛仔和一副新的套索回来。经过我们几个人合力，终于用木棍把狼王的血盆大口封住了。

　　狼王见自己的嘴被封住了，不再抵抗，一声不吭地待在那里，平静地望着我们。接下来，我们把它的四肢牢牢绑住，它不出一点儿声，连头也不动。我们几个人一起用力，才把它抬到了马背上。

　　到达牧场营地后，我用项圈套住它的脖子，用一根很粗的铁链锁住，拴在木桩上。如此，我才得以仔细端详这位狼王的庞大身姿。事实证明，人们关于这个英雄或者暴君的传说大多数是谣传：它的脖子上并没有什么金项圈，

肩膀上也没有它与恶魔结盟的印记。不过，我看到了它的腰部一侧有一大块伤疤，大家纷纷猜测这是它与科塔瑞的猎狗头领恶斗时留下的。

　　我把水和肉放在它面前，可是它丝毫不予理会。它只是安安静静地趴着，眸子越过我，凝望着河谷的入口，凝望着远方广阔的原野——那是它的原野。我去碰它，它都一动不动。夕阳西下，它还是凝望着草原。它的同伴，在它孤立无援的时候，一个也没有出现。有这么一种说法：当狮子失去力量，当雄鹰失去自由，当鸽子失去伴侣，它们都会心碎而死。那么，珞波呢？它同时失去这三样，它会是一种怎样的心情呢？

当曙光再次降临时，它依然静静地趴在那里，依旧保持着昨天那个姿势，但它已经僵硬了——老狼王死了。我取下它脖子上的项圈，和另一个牛仔一起把它抬到安置布兰卡尸体的小屋，把它放在心上人的旁边，那牛仔大声喊道："去吧，和你的爱人团聚吧！"

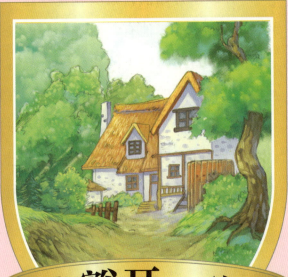

小豁耳一家

1 蛇口逃生

在故事开始前，请听我说些题外话。小豁耳是一只棉尾兔，他有一对被扯破的长耳朵，那是他第一次冒险时留下的印记。小豁耳和他的妈妈住在奥利芬家的沼泽地里，我就是在那儿碰到他们的。兔子们不会说话，但他们可以通过声音、姿势、气味以及一些动作来表达自己。所以，虽然我是用人类的语言来描写他们，但是，我说的每一句话都的的确确出自他们之口。

小豁耳听妈妈的话正老实地趴在窝里。虽然他是个听话的乖孩子，但一个人无聊地待在窝里，他偶尔也想叛逆一下。

　　瞧，兔妈妈把窝安在这又高又密的草丛里，实在是太高明了，把小豁耳完全遮住了。他蜷缩着身体，睁着两只亮晶晶的大眼睛望着头顶上那方绿色小天地。

　　忽然，小豁耳附近响起了"沙沙"声，它忽左忽右，越来越近，他好奇地想要去一探究竟，但是想到妈妈的话"趴着别动"，他又犹豫了。"反正妈妈说的应该是有危险的时候趴着别动，现在怎么会有危险呢？"小豁耳想了想，觉得还是应该像个男子汉一样"说干就干"。于是，他慢慢地伸直毛茸茸的小腿，撑起胖身体，扒开草丛悄悄地张望起来。"什么也没有啊。"他大胆地向外迈出一步，想看得更仔细些。

　　"天哪，是大黑蛇！"小豁耳尖叫起来，"妈妈！"小豁耳卯足了劲儿去叫妈妈，他夺路狂奔，只见黑蛇

猛地扑来，咬住他的长耳朵并缠住了他。

"妈妈！妈妈！"小豁耳不停地呼喊妈妈，声音愈来愈微弱。这时，兔妈妈从树林里蹿出来。她高高跃起，在跳过黑蛇头顶的那一瞬间，她锋利的后爪狠狠地踢在了黑蛇的肚子上。黑蛇挨了一下重击，身体痛苦地扭动起来，但并未松口。兔妈妈又接连发起好几次进攻，终于令黑蛇松开了小兔子的耳朵。

黑蛇又试图去咬兔妈妈，可只咬到了一嘴兔毛。黑蛇身上已多处负伤，看到形势对自己不利，决定暂且放下缠着的食物，全身心对付兔妈妈。在黑蛇松开小豁耳的一瞬间，兔妈妈喊道："快跑，孩子！"

尽管小豁耳已经没剩多少力气了，但他还是紧紧地跟着妈妈，一路飞奔，逃到了一处安全的角落。兔妈妈莫瑞带小豁耳来到小溪边，小豁耳看着水中的自己，羞愧极了：原来漂亮的长耳朵，现在出现这么大一个豁口，丑死了。但是，他又能怪谁呢？

2 跟妈妈学本事

　　老奥利芬的沼泽地是一片荆棘丛生的次生林地，地形复杂，中央是一个湖沼，有一条小溪从那里穿过。湖沼周围是芦苇和柳树，密密麻麻的，猫和马儿不敢靠近，牛却不担心这个问题。外围不太潮湿的地方，长满了荆棘和各种小树。再往外就是与田野交接的边缘地带，那里生长的小松树上一团团的松针，散发着阵阵清香，为路过的行人带去一份愉悦。

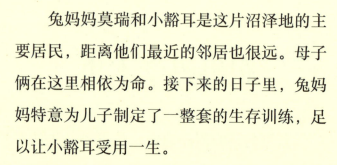

兔妈妈莫瑞和小豁耳是这片沼泽地的主要居民，距离他们最近的邻居也很远。母子俩在这里相依为命。接下来的日子里，兔妈妈特意为儿子制定了一整套的生存训练，足以让小豁耳受用一生。

第一堂课是"趴着别出声"。对于这堂课，小豁耳可是有了最深刻的教训，那次与大黑蛇的狭路相逢，让他明白了掌握这一招是多么有用。第二堂课是"别动"，它是第一堂课的深化训练。顾名思义，"别动"就是像木头一样待着不动。一只训练有素的棉尾兔可以在发现敌人的第一时间，保持原来的姿势一动不动。树林里的动物一般都具有与周围植物相近的体色，只有当他们活动的时候才会被发现。所以，在与敌人狭路相逢时，谁能先看到对方，并采取"不动"的策略，那么，他就能选择最佳时机进攻或者撤退。在这一点上，树林里的动物没有一个比得上兔妈妈莫瑞。小豁耳就是在妈妈的示范下学会这一招的。

小豁耳从妈妈那儿学到的最重要的一课，还要属"玫瑰花的秘密"，这是一个非常古老的秘密。小豁耳听妈妈说，很久以前玫瑰花是没有刺的，但是有很多动物总是破坏玫瑰花。玫瑰花很伤心，不再愿意跟大家做朋友了，所以就长出尖锐的刺来保护自己。但是，棉尾兔自始至终没有伤害过玫瑰

花，因此，玫瑰花还是愿意继续跟他们做朋友的。兔妈妈说："玫瑰花丛是我们的好朋友，它能用满身的尖刺保护我们不受敌人的伤害。"

玫瑰花季的大部分时间里，小豁耳在妈妈的帮助下熟悉附近的地形，学会了如何隐藏在玫瑰花丛中的迷宫里。他的确是个有天赋的孩子，这门课没多久就已经学得十分娴熟了，无论身处何地，他都能在五跳之内到达玫瑰花丛中。

一天，小豁耳发现了一种新的荆棘，它们没有自己的好朋友玫瑰花那样温和，坚固无比，尖锐异常，恐怕再坚韧的皮也会被它撕破。一年年过去了，新的荆棘越来越多，一

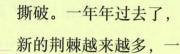

些小动物都害怕极了。但是莫瑞和小豁耳却不害怕，反倒是像捡到宝物一般欣喜，因为棉尾兔的安全地带越来越多了。这种可怕的荆棘有一个名字，叫作"倒刺铁丝网"。

莫瑞把什么都教给了小豁耳，把所有的关爱都给了他。小豁耳很努力地练习，很快就长成了一个强壮的少年。

小豁耳还学会了兔子的暗号，那是一套独属于自己家族的密码。总的来说就是用后腿在地上蹬：蹬一下是"当心"或者"别动"，缓慢的"咚咚"是"过来"的意思，快速的"咚咚"则是"危险"，而急促的"咚咚咚"就是告诉对方该"逃命"了。

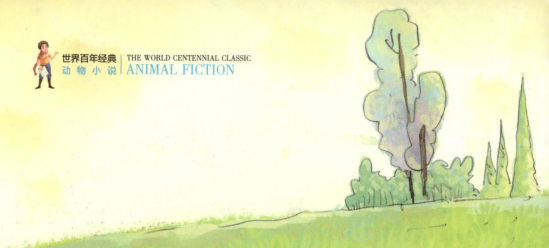

　　在一个天气晴朗的日子，蓝背鸟叽叽喳喳地叫个不停，小豁耳开始进行新的训练了。莫瑞垂下耳朵，示意小豁耳蹲下。接着，她跑到远处草丛里，"咚咚"蹬了两下，发出"过来"的讯号。小豁耳急忙奔跑过去，可是他发现妈妈并不在这里，他蹬蹬腿，还是没有得到回答。这是妈妈在考验自己的孩子呢。不过，小豁耳是个聪明的小兔子，他循着气味，最后成功找到了妈妈。在这种类似捉迷藏的游戏中，小豁耳逐渐掌握了追踪的本领。

　　第一阶段的教育尚未结束，小豁耳就已经掌握了兔子生存的基本技巧，他甚至还在许多方面表现出了惊人的天赋。他擅长"变树木大法""快闪""蹲跳""翻铁丝网"……懂得如何辨认敌人的踪迹，以及如何迷惑他们。老鹰、狐狸、猎犬、狼、臭鼬、人类等都是兔子的敌人，而他总能想出不同的策略来应对。

关于避敌，莫瑞还教给他了一点："蓝背鸟是眼尖的家伙，什么东西都逃不过他的眼睛，所以不要忽视他的警告，多留意他的反应总是有用的。"

　　小豁耳对穿越"倒刺铁丝网"还是缺乏实践。这不，兔妈妈领着他来到了"倒刺铁丝网"前，准备为他做毕业前的最后一次示范。莫瑞说："过铁丝网需要不同寻常的勇气和腿力。对于会玩的兔子来说，这个课程有趣极了。如果有狐狸或者猎犬追你，你就引诱他们一直跑，让他们以为就要捉住你了。然后，来到铁丝网旁边，快速钻过去。大个子的他们是无法穿过铁丝网的，自然就拿你没办法了。"

3 一家人的冒险

人们普遍认为兔子的窝越多，它们就越安全，但对于莫瑞来说并非如此。聪明的兔子可以用这一招来逃命，愚蠢的兔子可能就会因为这一招而毙命。

在一座小山下，一个松根洞里原本住着一只忧郁的土拨鼠，莫瑞趁土拨鼠外出时将洞占为己有。后来，这个松根洞又被一只可恶的臭鼬霸占了，可惜他太过于狂妄，被猎人的枪射死了。这个窝不到七天就又回到了莫瑞手上。第二个窝在茂盛的蕨草丛中，这个窝也是出自土拨鼠之手，后来他被老奥利芬捕了去。莫瑞他们只有在逃难的时候才会用到这儿。他们一般不会靠近这里，生怕在草丛里、泥地上踩出路径来。还有第三个窝，原本是浣熊的。这是一棵山核桃树，树干已经全空了，它最大的优点是两头都敞开着，有进有出。不知是什么原因，浣熊跟莫瑞一家结下了梁子，双方的关系很不友好。某一天夜里，浣熊在偷袭奥利芬家的鸡窝时不幸遇难了，这让莫瑞大大松了一口气，母子二人雄赳赳、气昂昂地搬进了这个"豪宅"。

八月，阳光明媚，莫瑞母子俩正在臭菘丛里悠闲地睡觉呢。母子俩难得有空找个地方歇歇脚，但是，没过多久，他们就听到蓝背鸟"叽叽喳喳"地发出警报。莫瑞警惕起来，她环视四周，悄声对儿子说："是奥利芬家的大花狗！你赶快藏起来，我去引开他，你蹲在这儿别动。"

　　大花狗径直地朝这边跑来，莫瑞"蹭"的一下，勇敢地跳到狗的眼前，然后转身就跑。莫瑞先是引大花狗到了深深的玫瑰花丛，只听到大花狗被刺扎得嗷嗷叫；接着，莫瑞又诱使他追到一个隐蔽的铁丝网，莫瑞轻轻松松地就穿过了铁丝网，而大花狗没钻过去，身上反倒多了一道长长的口子，他只好痛苦地嗥叫着回家去了。

　　一个闷热的夏夜，莫瑞领着小豁耳进了森林。他们来到湖沼边，兔妈妈对小豁耳说："别出声，紧跟在妈妈身后。"说完，她就"嗖"的一声跳进了水里，开始游起来。"妈妈，太冷了。"小豁耳有点想打退堂鼓，但他还是咬牙跟着跳了下去，一边急促地翕动鼻子，一边模仿妈妈的动作。

　　不一会儿，小豁耳就能像在陆地上奔跑那样轻松地在水中游动了，他发现自己会游泳了。之后，母子二人站在一个露出水面的原木上，四周是一圈水草围成的屏障。

　　经过这次，小豁耳学会了"水秘诀"，掌握了摆脱野狗、狐狸等敌人的"水魔法"，这也是兔妈妈教给他的最后一招。现在，小豁耳已经成长为一名出色的青年了。

　　棉尾兔的敌人无处不在，狗、狐狸、鹰……还有人类，所以，他们几乎每天都在逃亡中度过。他们要想活得更久，就要不停地训练逃生技能。

　　沼泽地附近有一只猎犬叫莱杰，经常追赶小豁耳，小豁耳也乐得跟他比赛奔跑。"妈妈，那个傻瓜莱杰又来了，让我们比比谁更厉害吧！"他无比兴奋地对妈妈说。"孩子，你真胆大！"兔妈妈这样回答。小豁耳已经把自己学到的本领都融会贯通了，让我们来看看他是如何"戏耍"莱杰的吧。

A　　　　B　　　　　　　　　　　　　　　　　　　　D

河边

草丛　　　　　　　　　　　　　　H　　　　E

　　　　　　　　　　　　　　　　G　　F

　　　　　　　　　C

　　　A是出发点，小豁耳先穿过洼地里密集复杂的玫瑰花丛，接着上蹿下跳从B跑到C。莱杰在玫瑰花丛里花费了大量时间，兔子的气味也越来越弱。为了掩盖自己的气味，小豁耳猛地一下子跑到D。再返回，从E跑到F，再跑到G。当小豁耳看到莱杰追到D时，他又从G跳到了H。H是一棵倒下的大树，它的一端伸进了湖沼里，小豁耳就蹲在那儿，施展自己的"变树"本领，让自己变成一个树疙瘩。

　　　当莱杰追到这儿时，他走上了那棵大树，小豁耳冷静地蹲在那儿，稳住情绪，因为风向对他有利，如果莱杰走过来，他就立刻跳进水里游走。幸运的是，莱杰只是走到大树中间，因为气味已经完全消失了，他只好从大树上跳下来，垂头丧气地离开了。

　　　小豁耳赢了。

4 讨厌的外来者

十二月的一天，小豁耳在红色的山茱萸花丛中，发现向阳坡上出现了一只陌生的兔子，这是一个不速之客。

显然，这个不速之客也因为眼前的新发现而喜出望外。瞧，他正蹦蹦跳跳地进入小豁耳的沼泽地呢。霎时，小豁耳产生了一种排斥的心理。

更可恨的还在后面，不速之客竟然在小豁耳经常摩擦身体的一棵树旁停下，"哼哧哼哧"地嗅

了嗅，踮起脚也在上面摩擦起来。这棵树对小豁耳来说可是意义重大，所有的雄兔都会这么做：一方面在此留下气味好向别的同类示意，此地是他的地盘；另一方面，摩擦点的高度可以显示他的身高，算作是一种示威。

"哼，这里是我跟妈妈的地盘，看我怎么教训你。"小豁耳恨得咬牙切齿，跳到地面上，用腿慢慢地击打三下"咚——咚——咚"，意思是"这是我的沼泽地，快滚开"。不速之客立刻竖起耳朵，直起身子，停顿了片刻，然后放下前腿，在地面上击打出了比小豁耳更加响亮的"咚——咚——咚"。一场大战就此开始。

他们从侧面抄近路直逼对手，都想抢占先机。这个看上去肌肉发达的不速之客，险些摔倒，看来是个笨头笨脑的家伙。最后，两只兔子短兵相接，蹦啊跳啊，时而闪躲，时而左冲右突，这样一来二去，小豁耳最终因体力不支，败下阵来，打斗也很快变成了逃命。不速之客因为太胖，追了一会儿也就放弃了，小豁耳这才捡回一条小命。

小豁耳从妈妈那儿学来的本领里根本没有应对同类的技巧。兔妈妈知道这件事后，也吓坏了，她帮不了小豁耳，只好带着他过起了东躲西藏的日子。可恶的是，那只外来的雄兔总能找到他们，抢他们的食物，破坏他们的窝。雄兔向莫瑞示爱，可是莫瑞恨死他了，怎么可能接受他。于是，莫瑞拼命地逃，他便使劲地追。他还一心想要杀死小豁耳，但是小豁耳总能找到办法逃命。

看着痛苦的妈妈，想到自己的一切都被这个可恶的家伙掠夺了，小豁耳清楚地认识到，只有胜利者才能拥有一切。现在，他对这个外来者的憎恨已经远远超过了对狐狸、猎犬的恨。

　　母子二人正商量搬家的事，忽然传来莱杰的声音，"真是'屋漏偏逢连阴雨'——对，有了！"小豁耳忽然想到了一个大胆的主意。

　　小豁耳倏地跳到莱杰面前，挑起了一场迅猛的追逐赛。大约绕湖沼跑了三圈，小豁耳确定妈妈已经躲好了，于是，他把莱杰引到自己的仇敌家门口——那个外来者的窝前，然后"砰"的跳进他的窝里，使劲撞了他一下，而后迅速抽身离去。

　　外来者愤怒地去追小豁耳，追了一段距离才发现自己夹在小豁耳和莱杰中间。看到这只肥硕的大兔子，莱杰立即把小豁耳扔到一边，转而去追他。外来的兔子不懂小豁耳的那些应对技巧，不一会儿，玫瑰花丛附近传来一声撕心裂肺的尖叫。小豁耳听到，不由得打了一个寒战。不过，他还是很高兴，自己和妈妈又可以过上开心的日子了。

妈妈不见了

　　老奥利芬烧毁了沼泽地里的树木，清除了那些四处铺展的铁丝网。这样一来，莫瑞和小豁耳的住处和哨所没有了，也失去了最后一道防线。

　　过了一阵子，老奥利芬又找人砍掉了大量的树，棉尾兔的生存岌岌可危。他们已经在这里住了很久，他们爱这里的一切。如今，这里都变了，可母子二人还是不愿意离开，他们依旧守着面积锐减的沼泽地。母子二人的生活越来越艰难，树木都被砍光了，草丛也被烧毁了，他们只能忍着寒冷。

　　"真冷啊，妈妈。""是啊。如果能在林子的窝里睡一会儿，该有多好啊！"风越刮越猛，天越来越冷，到了夜半时分，一场大雪从天而降。风声、雪声搅扰着母子的美梦。

在这样的夜晚，一只老狐狸正悄悄地靠近他们。他们被踩到树叶的"沙沙"声惊醒了。说时迟，那时快，莫瑞和小豁耳分别冲进了暴风雪中，跑向了不同的方向。

莫瑞眼前只有一条路，那就是没有封冻的湖沼，她没有犹豫就"哗啦"一声，跳进了水里。老狐狸紧跟其后，但是他考虑到在这样寒冷的天气跳进冰水里，实属自寻死路，所以掉头离开了。

莫瑞拼命地向前游，风猛烈地吹着，刺骨的水浪划过她的脑袋，一些流冰还阻挡她的去路。她的身体开始麻木，她累极了，游得越来越慢，她力气耗尽了，四肢僵硬了，那颗勇敢的心也沉进了冰水里——她被冻死了，再也无法看到自己的小豁耳了。

　　另一边，小豁耳用自己擅长的"甩敌大法"，轻轻松松地就把脚印隐藏了。当他折回到湖沼时，发现老狐狸正打算到对岸捕捉莫瑞。为了救妈妈，小豁耳把他引到铁丝网那里。老狐狸捕食心切，结果脑袋被铁丝网划破了。

　　"得赶紧去找妈妈了。"小豁耳嗅着妈妈的气味，四下寻找，可就是找不到。

　　可怜的莫瑞就这样永远地离开了小豁耳。像她这样的英雄，何曾想过以当这样的英雄而自喜，他们只是竭尽全力地生活在自己的小圈子里，做最平凡的事罢了。

　　　　如今，小豁耳已经是一只强壮的大雄兔，他不再害怕任何对手。他也有了自己的家庭，妻子是一只漂亮的褐色兔，而且还有五只可爱的小兔子……

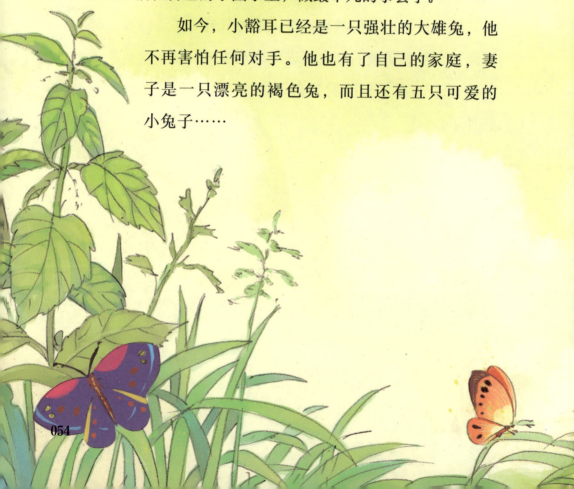

我的名字叫"小哮"

1 突如其来的包裹

　　我与它的第一次相遇发生在万圣节黄昏。那天一大早，我就收到大学同窗杰克发来的一封电报："你将收到一个很棒的小东西，对它客气点，免得遭罪。"鉴于杰克经常会寄一些奇怪的东西，我对这次的"厚礼"有些期待了。

　　很快，东西寄来了，只见包装箱上写着"危险品"。我正在纳闷是什么，忽然里面就传出一阵咆哮。我快速拆开包装，发现里面有一个笼子，笼子里是一只白色的短毛幼犬。

不管谁靠近它，它都会狂吠不止。狗吠可以分为两种信号：一种是声音低沉，发出警告；另一种是声音粗而响亮，是要动真格了。杰克送来的这只短毛犬就属于后者。

我打开箱子准备把这小家伙放出来。在整个拆箱过程中，它不停地咆哮，等到我完全把箱子打开时，它猛地朝我冲了过来，直扑我的脚跟，要不是它被铁丝网绊住，恐怕我早已受伤。

我跳上桌子，逃过被追的窘境，心里打算寻个办法与它好好沟通一下。奈何它压根不买账，先是四下望望，然后又跑到桌子底下。现在我在桌子上，它在桌子下，这可让我一筹莫展了。那只凶狠的小家伙一直在桌子底下寻找咬我的机会。我拿过电报重新读了一遍："……很棒的小东西，对它客气点，免得遭罪。"这次杰克倒是厚道了点，知道提醒我。

　　一个小时后，它摇摇摆摆地从桌子底下出来，溜到火炉旁躺下。我觉得无聊，就跳下桌子去拿来一本书，又急忙跳回来——那小家伙差点咬到我。

　　晚上十点左右，壁炉里的火渐渐熄了，屋子里明显多了些寒意。小家伙站起身，走到我的床下，那儿有一条毯子——看来它是感觉到冷了。为了不被它攻击到，我只得从桌子上跳到衣柜上，再跳到壁炉架上，最后跳到床上。我轻轻脱了衣服，静静躺下，生怕激怒我的小"客人"。

　　当我正要进入梦乡时，感觉到那个小家伙爬到了我的床上，它一定是嫌床下冷才爬上来的。它蜷缩在我的脚边，它是舒服了，却苦了我啦。我实在忍受不住，想要翻身调整下姿势，可刚动一下脚指头，它就凶狠地咆哮起来。如果不是厚厚的棉被，恐怕此刻我已经是残疾了。接下来的一个小时里，我都只能蹑手蹑脚地做小动作。

　　夜里，我被它的咆哮吵醒了数次，大概是我没经过它的批准就私自调整姿势，不过，也有一次是因为我打呼噜。

2 天不怕、地不怕

第二天早晨，我想起床，可是它完全没有想起身的意思。好吧，我就多赖会儿床。这段时间里，我给它想了一个好听的名字——小哮。

拖到八点，小哮终于醒了，我和它一起下了床。它不再对我有敌意，变得平和许多。

为了驯服它，让它乖乖听话，我打算不给它饭吃。这么做虽然有那么一点儿残忍，但为了以后的和平相处，我还是坚持施行了。整整一天，我都没有喂它任何东西，它饿得直挠门，把门上弄得到处都是抓痕。到了晚上，我喂它什么，它都乖乖地吃什么。

奇迹发生了，仅仅过了一个星期，我跟小哮就成了好朋友。我们同睡一张床，晚上不论我怎么挪动，它也不会咬我了。三个月后，我们已经相处得非常融洽，它的脾气也被我完全摸透，这也证明杰克那张电报上说的话非常正确。

与小哮相处的几个月里，我发现它好像不懂什么是害怕。不管是小狗还是大狗靠近它，它都满是轻蔑之意，从来不正眼瞧对方一眼，甚至把对方打跑。有时，小哮也会自讨苦吃败下阵来，但不管先前伤得有多惨，它总是那么无所畏惧，似乎在它的字典里，根本没有"害怕"两个字。

就连小孩子拿石块扔它、挑衅它，它都不会逃走，而是直冲过去强硬还击。大家对它又敬又怕。

只有我和公司的勤杂工才了解小哮的特点，也只有我们能被它接纳为朋友。我们相处得越久，这份友谊越显得珍贵。就算在第二年有人想花重金来买它，我都果断拒绝了。

这年秋天，我有公事要出远门，于是，小哮不得不暂时交由房东太太照顾。很不幸，它与房东太太相处得非常不好，房东太太经常写信向我抱怨。

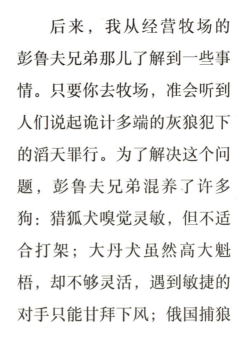

后来，我从经营牧场的彭鲁夫兄弟那儿了解到一些事情。只要你去牧场，准会听到人们说起诡计多端的灰狼犯下的滔天罪行。为了解决这个问题，彭鲁夫兄弟混养了许多狗：猎狐犬嗅觉灵敏，但不适合打架；大丹犬虽然高大魁梧，却不够灵活，遇到敏捷的对手只能甘拜下风；俄国捕狼

犬，它们负责与狼短兵相接，那是哥哥希尔顿·彭鲁夫花大价钱买的。

　　遗憾的是，这支"杂牌军"组合并没有发挥优势。弟弟不解地问："为什么总输呢？它们应该能发挥组合优势啊！"他的父亲解释说："归根结底，这些狗都是胆小鬼，根本不敢与狼正面交锋。"

　　我离开这个牧场时，又收到了房东太太的一封信："那条恶犬把我的房间弄得乱七八糟，我忍无可忍了……"突然，我想到了一个好主意，为什么不把小哞接到这个牧场来呢！

初显身手

很快，我就把小哮接到了牧场。小哮来的第二天清晨，我们就去猎狼了。还是以往的阵容：骑手、快马，还有一大群狗，高的、矮的、蓝的、黄的、斑点的，不同的是，这次增添了新成员，一只白色的短尾犬——小哮，它紧紧地跟着我，龇着尖尖的牙齿，就连马儿都被它吓怕了。

不一会儿，我们登上了一处山丘，希尔顿用望远镜看了看周围的情况，突然大声喊道："看到了，是只郊狼，正往河边跑呢。"

希尔顿吆喝着："丹达，上来。"他俯下身体，抬起一条腿，丹达敏捷地一跃，跳到了马鞍上。他对丹达说："喏，看到了吗，就在那儿！"丹达顺着他手指的方向，仔细看了一眼，似乎发现了目标，"汪"的一声，一纵跳进草丛，飞奔而去。其他猎狗尾随其后。

我们也骑着马跟在后面，但是不能像它们那样全速奔跑，渐渐地，我们被甩远了。一会儿，我们来到一座山梁，看到那只郊狼正全力奔跑，身后的猎狗们近在咫尺。最后，我们骑马赶到时，战斗已经结束，猎狗们都坐在一边喘着粗气，那只被捕杀的郊狼躺在它们中间。小哮不在这群狗当中，它和另外两只猎狐犬还在后面很远处。

第三天，我们照常出发了。我们登上一块高地，四下望了望，发现了重要目标——真正的灰狼。和昨天一样，丹达带领"杂牌军"出发了。我们跟在猎狗的后面，偶尔能看到它们追击灰狼的场面。不知怎么的，这次猎狗们的追击速度不及上次那么快，直面灰狼时更是胆怯。不久，猎狗们纷纷落败归来。我们这些猎人们很是生气，开始责备这群猎狗。我知道，如果小哮看到了那只狼，肯定会立马冲上去，拼个你死我活。

就在那天夜里，狼袭击了牧场里很多羊。傍晚时，一只灰狼出现了。我看到丹达跳上了希尔顿的马鞍，于是，我也把小哮叫上来，指着远方的一点，说："看，就在那儿，干掉它！"话音刚落，小哮就干劲十足地冲出去了。

我们站在高地上远远看着它们。此时，丹达已经追上了灰狼，一口咬向它的屁股。灰狼猛地转身反扑过去。我们又换了一个地方，看得更清楚了。这时，猎狗们把灰狼团团围住，声势浩大地吼叫着。突然，一个白影闪过，是小哮！它直扑狼的咽喉。狼一闪身，避开

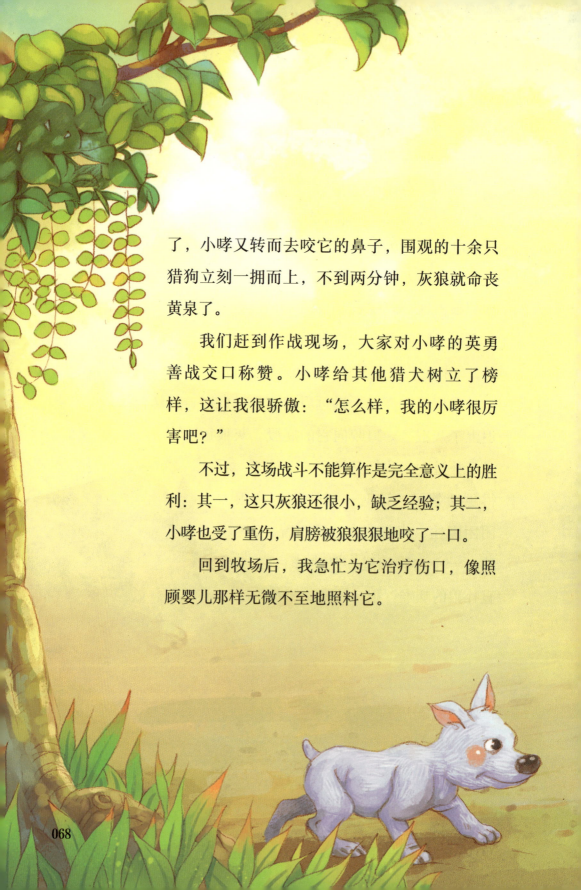

了，小哮又转而去咬它的鼻子，围观的十余只猎狗立刻一拥而上，不到两分钟，灰狼就命丧黄泉了。

我们赶到作战现场，大家对小哮的英勇善战交口称赞。小哮给其他猎犬树立了榜样，这让我很骄傲："怎么样，我的小哮很厉害吧？"

不过，这场战斗不能算作是完全意义上的胜利：其一，这只灰狼还很小，缺乏经验；其二，小哮也受了重伤，肩膀被狼狠狠地咬了一口。

回到牧场后，我急忙为它治疗伤口，像照顾婴儿那样无微不至地照料它。

再见了，我的朋友……

　　又到万圣节了，小哮来我这里已经整整一年了。往年这个时候，牧人们为了庆祝节日会去捕猎，而今年人们想到的只有捕猎，节日的事反而不那么重要了。

　　不幸的是，小哮的伤太严重了，还不能外出。于是，我们把它送进一旁的小棚屋里，把门锁上，然后出发了。当我们来到小溪边上时，一团白影从灌木丛里飞跃而出，是小哮！它站在那儿"汪汪"地叫个不停，好像在说"不带上我，不让你们走"。我不忍心赶它回去，因为我知道即使这么做了，它也不会听。我心疼它的伤势，便用马鞭把它拎到马鞍上，我想："你就待在这儿，我马上送你回去。"可惜，这样的想法小哮不知道。

突然，希尔顿大叫起来，他发现了灰狼。小哮已经在我马鞍上观察了许久，将灰狼的位置记熟了，还没等我反应过来，它就已经朝着敌人奔去。几分钟后，其他猎狗也纷纷出发了。

起初，小哮跑在最前面，没多久，擅长奔跑的猎狐犬追了上来，再过一会儿，其他猎狗都超过了它。

"它们进入灰谷了，我们抄近道过去！"一个叫加尔文的牧人喊道。于是，我们掉转马头，向那个方向疾驰而去。当我们登上雪松岭，只见一只大灰狼从距离我们50米的地方跑过，丹达尾随其后，紧追不舍。它就要追上灰狼了，当狼回头逼视它时，它却退缩了。我们距离它们很近，加尔文正准备搭枪射击时却被希尔顿拦住："别开枪，让它们自己解决吧。"

此时，其他猎狗也都追了上来，把灰狼团团围住，但它们只是朝灰狼狂吠不止。而灰狼就像亡命之徒一样，左瞧瞧、右瞧瞧，似乎做好了搏命的准备。不一会儿，俄国捕狼犬来了，但见到灰狼如此气势汹汹，它也和其他猎狗一样只管叫。它们没有一个愿意冲在前面去跟灰狼厮杀。

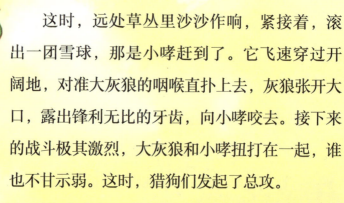

　　这时，远处草丛里沙沙作响，紧接着，滚出一团雪球，那是小哮赶到了。它飞速穿过开阔地，对准大灰狼的咽喉直扑上去，灰狼张开大口，露出锋利无比的牙齿，向小哮咬去。接下来的战斗极其激烈，大灰狼和小哮扭打在一起，谁也不甘示弱。这时，猎狗们发起了总攻。

　　没过多久，战斗结束了。那只凶猛的灰狼已经被猎狗们放倒在地，而我的白色小哮咬着它的鼻子不松口。我急忙跑上去，俯身对它说："小哮，你赢了，放开它吧。"同时，我看到小哮身上有两处重伤。老彭鲁夫用颤抖的声音说："我宁愿让我的牛羊死上十头，也不想看到小哮受伤。"

　　我把小哮抱起来，它虚弱无力地哼了一声，又舔舔我的手，像是在与我告别。然后，它永远地闭上了眼睛。

　　在这牧场，它是最勇敢的，是真英雄！

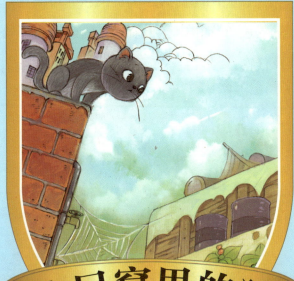

贫民窟里的猫

1 无依无靠的孤儿

在美国纽约的一个贫民窟的垃圾场里，住着一只灰色母猫和一群小猫咪。猫妈妈为了给孩子们寻找食物，经常会在街道上、巷子里来回游荡。

"卖肉喽！卖肉喽！"一个蓬头垢面的矮个子推着车在街上高声叫卖。身后跟着一大群猫，就连狗也站起了身。猫咪一边跟着他，一边也扯着嗓子乱叫，仿佛是与他的叫卖声应和。

　　肉贩子看到身边聚集了不少猫咪，心满意足地笑笑，他拿出一些肉串分给它们。猫咪们便纷纷簇拥上去，叼起自己的那一份，然后快速离开。

　　你可不要以为这个肉贩子是个大善人，其实是那些猫咪主人事先付过账的。肉贩子对这一带的每只猫都记得清清楚楚：这是科斯蒂贝恩家的"小虎"，那是琼斯家的"小黑"；这是普拉里茨基家的"托克尔"，那是丹顿太太家的"小白"；那只蹑手蹑脚的是布兰金肖家的"玛尔特"，那个爬上手推车的黄猫是索雅家的"比利"……比利的主人这周没有交钱，但它脸皮厚，还想蹭一顿。

　　约翰·沃西家的猫只分到了一小块肉，因为它的主人已经赊了好几次账；那只脖子上系着缎带的猫得到了很大一块肉，因为它的主人是个酒厂老板；警察先生的猫也分到一块不错的肉，尽管它的主人并没有付钱，但是他经常光顾肉贩子的店，所以它得到了特殊待遇……

除了手推车周围的这些"大佬们"，还有许多别的猫远远地躲在一边，它们是没有主人的野猫，自然不在肉贩子的"名单"上。

灰色的瘦母猫也想蹭一块肉回去。它在别的猫争夺肉时，趁火"打劫"了一块肉，然后找了个安静地方品尝起美食来。吃完后，它兜了个圈回家了。当它到家时，发现一只大黑猫竟然在那里袭击它的孩子！它"喵呜"大叫一声，伸出爪子，朝黑猫扑了过去。这个世界上，没有谁比为了孩子而与他人博斗的母亲更勇敢的了。黑猫立马扭头逃跑了。

黑猫虽然跑了，但是被它袭击的猫宝宝只有一只存活了下来，它叫森蒂——灰色的毛上夹杂着黑色的花纹，鼻子、耳朵和尾巴上都带着点白色，像极了猫妈妈。接下来的日子里，灰猫妈妈非常用心地养育这只幸存的猫宝宝。

现在，灰猫没事就到垃圾堆附近觅食，即使找不到一星半点的荤食，也能收获不少土豆皮。

一天夜里，灰猫嗅到一股从码头上飘来的香气。就在它朝那儿跑的时候，一只大狗挡住了它的去路。灰猫见四下无处可躲，只好纵身一跃跳到了码头边停泊的那艘船上。巧的是，刚才那香气正是从这里飘出去的。为了避难，也为了寻找美食，灰猫一直待在船舱里。

然而，到了第二天早上，船就起航了。灰猫就这样被带离了家乡，再也没有回来。

077

四处流浪的猫

　　小森蒂"喵呜喵呜"地叫着，它饿坏了。它摸索着来到了一个宠物商店的地下室，里面有许多关着小动物的笼子，还有一个黑人呆坐在角落的一个大箱子上，他已经注意到了它。

　　森蒂一边走，一边往笼子里瞧。原来，这些是客人要买的宠物。这时，森蒂的肚子"咕噜咕噜"地叫起来。

　　"小猫咪，是饿坏了吧？来，我给你点儿吃的。不过，你不能待在这里。"这是那个黑人的声音。说话间，宠物店老板马力回来了，他靠鸟兽买卖来糊口，他很清楚自己要什么，不要什么，这只小野猫明显不能给他带来任何经济收益，所以他命人把它扔出去了。

黑人拿些食物把森蒂喂饱后，把它带到了另一个街区，扔在一个大杂院里。

吃完东西，森蒂的精神好了许多。它在垃圾堆附近徘徊，后来，找了一个舒适的地方睡起了大觉。

一个小时后，它被一阵轻微的呼吸声吵醒了。睁开眼，一只大黑猫正在那儿，眼睛发绿地望着它，那眼神看上去很不友善。对于黑猫的企图，森蒂全然不知，它也不知道这个黑猫就是杀死自己兄弟的坏蛋。它站起身朝黑猫走去，丝毫没有一点害怕，这倒让黑猫有些惊讶了。最终，黑猫并没有伤害它就离开了。

这次，森蒂是侥幸逃过一劫。在接下来的几天里，它有时能在垃圾旁找到一点儿吃的，有时会一连三天吃不到任何东西。它饥一顿饱一顿地过着，它明白，这个垃圾箱是靠不住了。

森蒂看到一群麻雀落在地上，叽叽喳喳地叫着。以前它可不在意这些鸟儿，可是现在它饿坏了，真想抓来一只饱餐一顿。于是，它隐藏起来，打算偷袭一只。可惜，重复几次都没有成功。

　　它已经五天没有吃东西了，再这样下去，势必要饿死。森蒂决定去大街上碰碰运气。不料，刚来到巷子的路口，就有几个小孩朝它扔石头，它吓得转身就跑，偏偏这个时候又遇到了一只讨厌的狗。幸好，一个妇人呵斥了那只狗一番，森蒂才得以脱身。不一会儿，它居然交上了好运。妇人家的孩子给了它一块肉，这是它来到这个世上第一次品尝到美味。吃完后，它就待在那儿，心想着会不会还有好运。直到天黑了，夜深了，周围也都安静了，森蒂也没等来好运，只好悻悻地回到自己的窝里。

日夜奔波的妈妈

几个月后，森蒂长成了一只大猫，一只可爱的成年母猫。八月的一天，它正在晒着太阳睡午觉时被一只大黑猫发现了。黑猫本来是在墙上散步，看到它才直奔而来。黑猫的耳朵上有一个豁口，森蒂想起来它们曾经在哪里见过，吓得缩回了盒子里。

黑猫不断地向它逼近，这时，另外一只猫出现了，那是一只毛色泛黄的猫。它拦在黑猫前面，好似在说"你小子又在欺负弱小了"。黑猫一边龇牙咧嘴，一边发出可怕的吼叫，像是说"要你多管闲事"。

"喵呜，喵呜——"一场大战开始了，两只猫互相撕扯，又抓又咬，时而分开，时而扭成一团。最后，两只猫抱在一起，"咕噜噜"从屋檐摔了下去。黄猫的耳朵和眼

晴流了血，而黑猫伤
得更重——右腿被
咬伤了，腹部也被
撕了一道大口子，看
它离开的路径上满是血
迹，就知道这场"战斗"是黄
猫胜了。

"凯莉家的'黑鬼'到底是输给了索雅家的
'比利'。"窗子后面的人们议论纷纷。

黄猫比利发现了躲在一旁的母猫森蒂。森蒂一直都在
观看这场战斗，它对胜利的黄猫欣赏不已。自此，它们产
生了深厚的感情，认定彼此是夫妻了。

　　秋天来临的时候，森蒂家的盒子里多了五只惹人怜爱的小猫咪，母猫森蒂也成了妈妈。为了养育这些小家伙，森蒂变得忙碌起来，它要独自去给它们觅食——黄猫比利不知道跑哪儿去了。

　　一天，森蒂正在觅食，发现了一只刚从马力宠物店偷跑出来的小兔子，然后它就叼着小兔子回到了垃圾场。没多久，小兔子跟小猫咪们就彼此熟络了，森蒂决定把它当自己的孩子来抚养。

　　但不久之后，宠物店老板马力开始猎杀野猫了。最先遭殃的正是森蒂一家，跑出去玩耍的小猫咪都被杀掉了。唯一存活下来的是藏在纸盒子里的森蒂和那只小兔子。它们被马力的员工带回了店里，等候老板的指示。

4 一夜成名的公主

自从收留森蒂以来，马力在它身上花了不少心思，当然不是因为他好心。实际上，他是想把森蒂养得漂亮些能卖个好价钱。森蒂每天在这里好吃好喝，身上的毛发变得闪亮而有光泽。马力用杀虫剂把森蒂身上肮脏的毛清洗了一遍，又用肥皂和热水为它洗了一次澡。森蒂对洗澡很是厌烦，所以，它一边龇牙咧嘴，一边"喵呜喵呜"使劲儿叫着。洗完澡后，马力把它放在火炉旁，森蒂被火烤得暖暖的，浑身都很舒服。

在马力的照顾下，森蒂出落成一只毛发浓密、体态雍容的虎斑猫。马力充满欣喜地对黑人说："看来，是时候把它送到品评会了。"所谓品评会，就是猫的选美比赛。

就这样，马力给森蒂起了一个好听的名字——安拉罗斯坦公主，还给它伪造了一个高贵的血统。

一切准备妥当，黑人就把森蒂送到品评会上去了。马力挤进会场，谨慎地寻找森蒂的位置，他发现很多人挤在正中的展厅里，那里是高级名猫的展出场，站着的全是有身份的人。他看不到里面的真实情况，只能听到人们说话。

"看啊，多漂亮的猫！"

"是啊，真是漂亮的猫啊！"

"看那高雅的身段，必定是花了很长时间训练出来的。"

"我多想拥有这只卓越的猫啊！"

"这是一只有着高贵血统的猫呢！"

马力奋力挤到笼子前面，他看到牌子上写着："尼克伯克宠物大展蓝绶带金奖得主：纯种安拉罗斯坦公主。出展人：著名宠物专家J·马力。"看到这些字，马力受宠若惊。听着周围人们对森蒂的无上赞美，他感受到了从未有过的光荣和满足。

出身低贱的森蒂令
这一次展览会获得了空
前的成功，它也因此一夜成
名，身价水涨船高。最后，它以一百
美元被一位贵妇买走了。

森蒂被带到了第五街的高级住宅区，变成一只有钱
人家的宠物。

然而，安拉罗斯坦公主（森蒂）自进入笼子的那一
刻起，就表现出了一种家猫身上所没有的野性。它不喜
欢被人抚摸，它袭击了院子中的金丝雀，它能熟练地打
开瓶盖……这一切的本性行为，每次主人都能为它找到
完美的借口。

它不愁吃喝，深受宠爱；它有炫耀的资本，可以肆
意地任性。但是它不开心，它想回家！

5 一心回家的孩子

一转眼，三个月过去了。有天夜里，森蒂就趁机溜了出去，之后便无影无踪。森蒂先是在公园里休息了一会儿，此时，一股熟悉的气味从风中飘来——是码头。它立即朝码头跑去。回家的路上，充满了艰辛，它不仅要忍冻挨饿，还要躲避狗、猫和人类的追赶。不知道过了多久，它终于来到了码头，那个它熟悉的故乡。它翻过院墙，穿过墙洞，偷偷回到令它魂牵梦绕的垃圾场，那个它喜爱的纸盒子。

倒霉的是，它刚一回去，就被宠物店的老板马力发现了——谁让他们是邻居呢。"呀，这不是安拉罗斯坦公主吗？它怎么跑回来了？"对于森蒂的再次出现，马力又有了新的算计。"太好了，我又可以大赚一笔了！安拉，我要把你送回去！那家主人一定会重谢我的！"

　　于是，马力在森蒂的纸盒子里偷偷放了一个捕鼠夹，并在盒子外放了一个大鱼头。森蒂出去一天了，一无所获，此刻它正饥肠辘辘地往家走呢。忽然嗅到鱼腥味，它高兴地忘记了一切。当它低头准备吃鱼头时，"啪"的一声，捕鼠夹合上，森蒂被夹住了。哎，可怜的森蒂就这样被马力又送回了有钱人家里。

　　吃一堑，长一智，这家人把它看得更严了，它根本无法走出家门一步。因此，它的心情很糟

糕，脾气也变得
越来越暴躁。即便这家
人对它还是百般疼爱，它依然
想回到自己的家。

到了夏天，这户人家带安拉罗斯坦公主到乡下
度假，想让它心情好起来。

一天晚上，森蒂等家里的人都睡着了，偷偷跑到屋
檐后面，这里有个洞，它悄悄从洞里钻了出去。啊，它
成功了，真的逃出来了！回家的路又长又艰苦。旅途中
最让它害怕的是一个很大很大的怪兽，那是它在经过铁
轨的时候遇到的。

"嘎呜嘎呜！"怪兽在森蒂的背后尖厉地叫着，那
一团漆黑、只长着一个眼睛的怪兽跑得飞快，就这么一直
追赶它。可此时，森蒂的对面又来了一只怪兽，"我好倒霉
啊，好不容易到这里。"但是，它没有放弃希望。当两只
怪兽要与它相撞时，它跳下了铁轨，来到一架铁桥上，眼
见这两个怪兽还不肯放过自己，它急忙跳下了铁桥，掉进
了河里。

你们猜怪兽是什么？是火车。森蒂没有见过火车，所以它以为是什么大怪兽。

森蒂正在河水里游着呢，虽然八月份的水并不冷，但是想想刚才的危机，哎呀，太可怕了。它呛了一口水，把头冒出水面，四下望了望，看到怪物没有追上，它便安心地朝岸边游去。它朝南岸游去，湿漉漉地爬上岸，沿着泥泞的河堤，穿过煤堆和垃圾堆，它已经由高贵的公主变成脏兮兮的流浪猫了。此刻，它终于嗅到了令它怀念已久的小巷的味道。

"我回来了，我终于回来啦！"森蒂"喵呜喵呜"地叫着，仿佛是在对自己的伟大旅途做出表扬。

6 自由自在的居民

让森蒂感到意外的是，这里成了荒地，石块、木材散乱不堪。尽管感到莫名其妙，但森蒂还是在街道上走着。没错，这里就是它的故乡。那里原本是马力的宠物店，那里是它的垃圾堆……发生什么事情了呢？原来，人们为了在河上建桥、建铁路，把附近的破旧建筑都拆除了。

有一天，它从新建的高楼前面经过时，遇到了马力宠物店里的那个黑人员工。它看到他穿戴整齐，整个人干干净净地站在大楼门口。原来，黑人辞去了宠物店的工作，来这个新大楼里做起了礼宾。

"来，安拉，好久不见了！"黑人招呼它过去。森蒂并不讨厌这个黑人员工。于是，它走了过去，舔了舔黑人的手掌，黑人把它抱起来，喂了它一点美味的肉。

一看到森蒂，黑人就想到以前老板马力靠它赚钱的事，黑人心里也打起了算盘。黑人为森蒂洗了洗澡，不再给它大鱼大肉，而是捉来老鼠放在它面前。

　　他领着森蒂给有钱人看，向他们介绍它，最后如愿以偿地以高价卖掉了它。但是，即便它被卖掉了，过一段时间，它还是会回到这里。然后，黑人再次卖掉它。这样反复几次，黑人赚了很多钱。

　　后来，森蒂又生了许多猫宝宝，它过起了幸福的生活。"卖肉啦！卖肉啦！"那个推着小车卖肉的男子继续在巷子里叫卖，森蒂只要看到他，马上就从垃圾场跳出来，挤到小推车前。

　　"好，这串好吃的肉给你。"男子拿了一块肉扔给了森蒂。

　　过去，森蒂和它的妈妈可从来没有享受过这种待遇啊，这个肉贩子以前也从不会给它们肉吃。这是怎么一回

事呢？因为做礼宾的黑人靠它赚了很多钱，所以他每周都会付钱给那个肉贩，吩咐肉贩多照顾它们一家。

　　你可能会问：为什么森蒂不喜欢衣食无忧的日子呢？因为对它来说，最大的乐趣是每天傍晚到巷子的垃圾桶里寻找吃的，因为那儿有它从小就喜欢的东西。

奔跑吧，黑野马

1 传言

　　乔结束牧场一天的工作，一回来就把马鞍扔到地上，进了牧场主的平房。一进去，他就问："现在能吃饭了吗？"

　　"还得再等会儿。"厨师汤姆说。乔开始同屋子里的朋友们聊起当天的事："今天，我在羚羊溪附近看到一群野马，队伍的后面有一匹小黑马，皮毛乌黑发亮，一看就是天生的飞毛腿。我试着去追赶它，可是它跑得太快了，一直跑在队伍的最前面，并且，自始至终都是恒定的速度。"

"你当时不是喝了酒吧？"乔的伙伴史卡斯明显不相信他的话，提出了质疑。

说到这里，厨师喊了一声："开饭啦！"大家的谈话也就结束了。第二天，牧人们又把牛羊赶到了别处，乔提到的那只黑色野马，大家也都忘记了。一年后，小黑马已经不再是传说了，因为附近几个牧场的牧人都看到过它，所以，他们开始相信乔一年前所说的话。那匹小黑马已经一岁多了，它细长的腿和出众的奔跑姿势吸引了人们的注意。

乔看到黑马如此出色，不禁想到：如果能把它弄到手，那可就发财了。但是，有这种想法的人估计就他一个，其他人压根不会考虑。为什么呢？因为野马同野兽一样，就算抓住了，也很难驯服——不能驯服的马有什么用呢？另外，野马不光吃家畜的草料，还时常把驯马诱拐走，一旦驯马适应了野

马的生活，想再抓它们回来就非常困难了。所以，牧场主人绝对不允许这样的事发生。牧人平时看到野马靠近，有时甚至会用猎枪去射杀。

像大多数牧人一样，乔也有一个儿时的梦想：拥有一个大牧场和齐备的农牧工具，里面所有的家畜身上都有他的烙印标志。很早以前，他就在圣达菲注册了自己的烙印。可惜，时至今日，印有他烙印标志的家畜只有一头母牛。所以，他全部的财产就是马鞍、床、老牛。

　　乔是一个有固定工作时间、固定领月薪的牧人。但每到秋天领到工资后，他都会到城里享受一番，回来后兜里便所剩无几。因此，这么多年来，他几乎没什么积蓄，梦想也无从说起。

　　现在，他终于看到了自己实现梦想的机会——抓住那匹黑野马，印上自己的标志，好好捞一笔。乔的这个计划一传开，他的朋友都震惊了："乔真是疯了！"

　　可乔是认真的，只是这一年，他还没有找到尝试的机会。

2 集结

在羚羊溪附近的草原上，有一个叫福斯特的牧场主，他饲养了十匹与众不同的混血母马。福斯特把一匹母马留在马棚里，用以繁衍后代，其他的九匹都被他带到了草原上。

那年夏末，福斯特去羚羊溪驱赶母马回来，靠近一看，竟发现一匹黑色的野马。忽然，黑野马在远处嘶叫起来，引得母马纷纷朝它跑去。

这时，两个男子急忙在后面追赶它们，可是黑野马和母马们很快就把他们甩掉了。最终，马群消失在了南部的沙丘后面。

　　母马为什么会舍弃主人，跟着一个陌生的"异性"跑掉呢？这就要从动物如何吸引异性说起。科学家们普遍认为公马的吸引力主要有两点：一是外貌，二是强大的力量。而黑野马同时具备了这两点。它拥有油墨般乌黑发亮的鬃毛，明亮透彻的眼睛，健硕有力的四肢；关键它还有奔跑时的飒爽英姿。福斯特认识到这次对手的强劲，同时也预见到了将来可能出现的不可估量的损失。

　　1893年12月，我赶着货车从牧场出发前往加拿大河。福斯特告诉了我之前发生的一切，临走时他嘱咐我："你如果有机会遇到那匹黑野马，记得一定要开枪打死它。"

在路上，我就跟向导伯恩斯了解了关于黑野马的一切。听完这些故事，我已经按捺不住想要见见这匹黑野马的冲动。可是，第二天当我们到达黑野马经常出没的羚羊溪时，什么都没看到，扫兴至极。第三天还是没有看到。

第四天时，伯恩斯忽然跑来跟我说："快拿枪，黑野马出现了！"

我带上枪，朝伯恩斯所指的方向望去。一处洼地上果然聚集着一群马，而浑身漆黑的野马就在马群边上徘徊。

"真是一匹漂亮的马啊！"我不由得赞叹了一声。我无法想象一个如此美好的生命即将倒毙在枪口之下。

　　我不再想伤害那匹黑野马，但伯恩斯是个急性子。当他把枪从我手里夺走的一瞬间，我把枪口朝上一抬，枪就"嘣"的一声走火了。

　　远处的马群听到枪声，惊慌地四散乱跑。黑野马嘶鸣一声，在母马群周围跑了一圈，它们便又聚拢在了一块儿。然后，马群"哒哒哒"的消失在了天际。

　　伯恩斯又气又失望，嘴里不停地乱骂，还责怪了我一通。但是，我根本不在意，只是一直盯着黑野马逐渐消失的背影，它那风一样的速度让我着实迷恋了很久。

较量

　　有一次，老蒙哥马利说出了一段惊人的话："如果你们所说的黑野马确实如此与众不同，谁能把它捉住，我就赏他1000美金。"此消息一经传出，牧人们个个摩拳擦掌，摆出势必逮住那匹黑野马的架势。

　　乔认为不能再拖延下去了，纵然没有这笔赏金，他也对黑野马志在必得。他准备了各种工具，也打算用接力追捕的策略来捕获野马。为此他弄来20匹好马、一辆伙食车，又叫来他的伙伴查理和厨师汤姆。

　　他们从克莱顿出发，在第三天中午到达了羚羊溪。乔一伙儿人先是等马群喝完水离开，再悄悄跟着它们。黑野马发现身后跟着人，立即向马群发出示警，带着它们朝东南方跑去。乔他们一路追去，黑野马很机敏地继续向南跑。一小时后，乔让查理顶替自己继续追捕，而他自己则抄近路到前方准备接力追捕。

　　乔一伙儿人追了一晚上也没有追到马群。当天蒙蒙亮的时候，查理就起床了，他在距离自己几百米的地方发现了马群。黑野马自然也发现了查理，只见它嘶鸣一声，马群瞬间分成几个小队，四散开来。接下来的过程就是：奔跑、跟踪、赶上，再奔跑、再跟踪、再赶上……此刻，查理停止追捕，乔正站在布法罗城断崖后，点起烟柱，始终跟在马群后面。不过，他有足够的时间让自己和自己的坐骑进食、饮水，而马群只能忍着饥渴一路奔逃。接连几天下来，马群几乎没有什么时间喝水，此时已经是四肢僵硬、疲惫不堪了。

　　10天后，马群绕回了羚羊溪，它们已经精疲力尽了。看到久违的水源，母马立即聚集到了溪水边。如此猛然暴饮无异于自取灭亡，现在它们的四肢和肠胃估计已经麻木了。乔和他的伙伴们趁着这个机会，轻而易举地就捕获了母马。

　　这次追捕黑野马并没有成功，乔在这次追捕中对它产生了爱怜之情，他甚至在犹豫等抓到黑野马后，是否要用它去换取赏金。

　　经此一役，黑野马像人间蒸发了一样，很久都没有再出现过。但乔比以往任何时候都想拥有它，为此，他制订了更为周密的计划。

奇迹

　　参与这次追捕的人中，厨师汤姆原本对黑野马就没有什么兴趣，但最终汤姆还是加入了乔的队伍。我相信每一个见过黑野马的人没有不被它吸引的，汤姆也不例外。这不，追捕归来，他已经在思考着如何把黑野马据为己有了。

　　一次，牧人们在一起吃饭聊天。"马蹄铁"比利突然开口了："我今天见到黑野马了，隔得

那么近，近得都能给它的尾巴编辫子了。"比利的原名叫比尔·史密斯，因为他的牲畜烙印像一个马蹄，所以才有了"马蹄铁"这个外号。"那么近，你没有开枪打它？""没有，我差点就开枪了。"

"你真是太蠢了，这么好的机会都错过了。"一个叫"双杠H"的牧人说，"我看，过不了多久，那家伙的身上就要印上我的烙印了。"

　　听了这话，又一个牧人说："那你可得快点儿，不然等你到了那儿，就会发现它身上已经有我的烙印了。对了，比利，你到底是在哪儿看到那匹黑野马的？"

　　比利嘴里塞满了面包，发音不清地说："那天，我骑马路过羚羊溪旁边的平地，看到它在草丛中的干泥地上睡大觉。我是想把它捆绑回来的，但凭一己之力又无法抓住它，所以只能放它走了。后来，我看到它急匆匆地朝加利福尼亚的方向跑去了。"

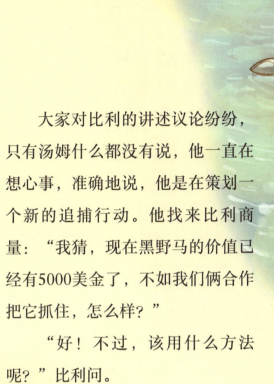

　　大家对比利的讲述议论纷纷，只有汤姆什么都没有说，他一直在想心事，准确地说，他是在策划一个新的追捕行动。他找来比利商量："我猜，现在黑野马的价值已经有5000美金了，不如我们俩合作把它抓住，怎么样？"

　　"好！不过，该用什么方法呢？"比利问。

　　"用陷阱。"

　　"在哪儿挖呢？"

　　"就在羚羊溪边上。"

汤姆把自己的计划告诉了比利。然后，他们二人开始做准备工作：在黑野马常走的路上，挖了一个长4.5米、宽1.8米、深2.1米的坑，他们花了20个小时才挖好。接着，他们又用木桩、柴草、泥土把坑巧妙地掩盖起来。随后，他们藏到了远处一个洞里，静候黑野马的出现。

到了中午，黑野马如期而至。但是，它没有选择有陷阱的那条道路，而是选择了另一条安全的路。"一定是有天使的庇护！"汤姆和比利都非常沮丧，白浪费了20个小时。接着，他们趁黑野马低头饮水的时候，迅速跑到它身后，拔出手枪朝它射击，想逼迫它奔向另一条路——有陷阱的路，这是他们唯一的补救办法。

　　但是，奇迹又出现了。听到枪声，黑野马果然迈开大步朝陷阱的方向跑去，当二人兴奋地想象着几秒钟后去陷阱里捕捉它时，黑野马却用一个强有力的弹跳，跨过了那个4.5米长的陷阱，然后，一溜烟儿跑远了。从此以后，黑野马来羚羊溪的时候，再也不走那两条常走的路了。

5 胜利

　　当乔知道别人也在积极设法开展追捕行动后，立即准备了第二次追捕。黑野马活动的范围足足有100千米，要想追捕它最少需要五十几个人。可实际上，乔能调动的只有二十来匹马和五个帮手。尽管如此，他还是决定大干一场。这一次，他对每个人的要求是：各司其职，及时到达各自的位置。

　　追捕开始了。乔率先赶着四轮马车驶向羚羊溪。他趁黑野马喝水时，躲在草丛后等待时机。当黑野马转身时，乔扬鞭立马追了过去，黑野马立即迈开大步，向南面的沙地飞奔而去。

　　由于乔的马驮了太多东西，影响了速度，所以距离黑野马越来越远了。乔并不担心，在安瑞巴山他早已安排了新坐骑。到达安瑞巴山，乔立刻换上新坐骑去追赶已经跑上斜坡的黑野马，他继续追赶，终于在阿拉莫沙峡谷拐弯处拦住了黑野马的去路。乔掏出枪，向它周围的地面射

击，迫使它调头向右。黑野马被迫改变了前进方向，进入了乔设计的包围圈，那里将有替代乔的杰克。经过48千米马不停蹄地追赶，乔和他的马都已筋疲力尽了。

现在，杰克骑着强壮的马朝阿拉莫沙浅滩驶去。可惜，他并没有比乔坚持更长的时间，他向接替的小伙子卡雷特发出讯号。此时，黑野马也显现出了疲态，它的嘴边冒出白色唾沫，呼吸变得不均匀，但是，它并没放慢奔跑速度。

卡雷特在追赶黑野马的过程中，最艰辛的是穿越一片长满仙人掌的苔草地，黑野马和他的马在奔跑中都被仙人掌刺伤了。不幸的是，在之后的追捕中，他和马一起摔倒在地。

　　黑野马跑到了老加利西亚牧场，那里等它的是乔。乔试图靠近黑野马，把它往卡罗丹斯山脉的方向驱赶，那儿有新的接替者。然而，黑野马好像预感到那个方向会有危险，临时转向北面跑去。乔一边大呼"糟糕"，一边用枪射击，迫使它做出改变。可惜，黑野马丝毫不为所动，反而是像奔流的溪水一样冲下了峡谷。

　　乔又持续追赶了好几天，体力已透支，黑野马也出现了从未有过的疲态。乔的坐骑换了一匹又一匹，不但没有实现抓捕计划，反而损失了多匹马。

陨落

厨师汤姆拿出一直带在身边的那本《圣经》，他从中看到了一个"女子德利拉打败巨人参孙"的故事。"有了，我想到了一个好办法。"

汤姆从朋友那里借来了一匹可爱的小母马。然后，他带着一捆最结实的粗绳、一把铁锹和一根结实的木桩，朝羚羊溪出发了。

到了羚羊溪，汤姆把小母马拴在一棵树上。小母马发出长长的嘶鸣，那嘶鸣正是母马召唤公马的音调。汤姆先把木桩深深地埋进土里，只在地表露出一个头儿，然后，在木桩上面系上绳子。木桩边上是他隐藏自己的坑，里面铺着一条毯子，躺在上面还算舒服。现在万事俱备，只等黑野马来了。

到了中午，黑野马闻声赶来。如今的黑野马变得非常谨慎，它绕着小母马兜了一个大圈，待解除怀疑后，才冲向小母马。它们紧紧靠在一起，耳鬓厮磨，黑野马沉浸在了甜蜜的快乐之中。

过了一会儿，它的后腿踏入了粗绳的圆圈内，隐藏在一旁的汤姆猛地一拉，黑野马的后腿就被紧紧地捆住了。汤姆上前又用绳子把它的脖子和前腿拴住，接着用烧红的马蹄铁在黑野马的左胸烫下去——这匹马属于他了。可以想象，这个过程，黑野马是多么痛苦啊！

黑野马就这样被捉住了。一路上，黑野马不停地挣扎，皮毛上出现了血迹，嘴里吐着白沫。汤姆拖着它经

过一个悬崖边。黑野马使出了全部
的力气做最后的抗争，它挣断了绳
子，跳上草坡，不顾汤姆威吓的枪
声，来到悬崖边。

最后，它一跃而起，跳了下
去。黑野马粉身碎骨，却终于回归
了自由。